© 2025
likeletters Verlag
Inh. Martina Meister
Legesweg 10
63762 Großostheim

www.likeletters.de
info@likeletters.de

Autorin: Nina Narrator

ISBN: 9783689490263

Teilweise kam für dieses Buch künstliche Intelligenz zum Einsatz

Meister Lampe und die magische Uhr

Eine Ostergeschichte

Nina Narrator

Inhaltsverzeichnis

Katastrophe im Osterhasen-Hauptquartier

Der Morgen vor Ostern begann im Osterhasen-Hauptquartier wie immer hektisch.

Überall wuselten kleine Hasenhelfer umher, trugen Körbe mit bunten Eiern, schleppten Farbtöpfe und sorgten dafür, dass alles nach Plan lief.

Inmitten dieses fröhlichen Chaos stand Meister Lampe, der Oberosterhase persönlich, und überprüfte seine Checkliste.

«Blaue Eier für Familie Müller, grüne für die Schmidts, und diese besonderen goldenen für die kleine Lisa, die letztes Jahr so traurig war, weil sie krank im Bett lag», murmelte er und machte sich Notizen auf seiner Liste.

Mit seiner Pfote tätschelte er die Westentasche, in der normalerweise sein kostbarster Besitz ruhte: die magische Zeituhr.

Doch plötzlich erstarrte Meister Lampe.

Seine Pfote tastete hektisch an seiner Weste entlang.

Die Tasche war leer!

Mit wachsender Panik begann er, seine anderen Taschen zu durchsuchen, schaute unter Stapeln von Osterkörbchen nach und wühlte sich durch Berge von Ostergras.

«Hoppel! HOPPEL!», rief er mit zittriger Stimme nach seinem treuesten Helfer.

Der kleine Hase mit der schiefen Brille und der blauen Schleife um den Hals hoppelte sofort herbei.

«Ja, Meister Lampe? Wie kann ich helfen?»

«Die Uhr ist weg, Hoppel! Meine magische Zeituhr! Ich kann sie nirgendwo finden!»

Die Stimme des Osterhasen überschlug sich fast.

Hoppel rückte seine Brille zurecht und schaute besorgt.

«Die Uhr, mit der Ihr die Zeit anhalten könnt? Die, ohne die niemand Euch beim Eierverstecken sehen kann?»

«Genau die!»

Der Osterhase zog nervös an seinen langen Ohren.

«Ich muss sie bei meiner morgendlichen Inspektion im Wald verloren haben. Ohne sie kann ich nicht unbemerkt die Eier verstecken! Die Menschen werden mich sehen! Das Geheimnis des Osterhasen wird gelüftet sein!»

Die anderen Helfer hörten auf zu arbeiten und starrten ihren Chef erschrocken an. Im ganzen Hauptquartier wurde es still – so still, dass man eine Feder hätte fallen hören können.

«Aber… aber was machen wir denn jetzt?», fragte ein kleiner Hasenjunge mit zitternder Stimme.

Meister Lampe atmete tief durch und versuchte, seine Fassung wiederzugewinnen.

«Wir müssen sie finden, und zwar schnell. Ich werde zurück in den Wald gehen und jeden Zentimeter absuchen.

Hoppel, du kommst mit mir. Der Rest von euch arbeitet weiter an den Vorbereitungen. Ostern findet statt – mit oder ohne Uhr!»

Doch als er und Hoppel sich auf den Weg machten, wusste der Osterhase, dass er ohne seine magische Uhr in großen Schwierigkeiten steckte.

Seit Jahrhunderten hatte kein Mensch jemals den Osterhasen bei seiner Arbeit gesehen. Und wenn es nach ihm ging, sollte das auch so bleiben.

«Meister, warum ist diese Uhr so wichtig?», fragte Hoppel, während sie durch den Frühlingswald eilten.

Der Osterhase seufzte.

«Die Uhr ist ein uraltes Geschenk der Osterhasen-Ahnen. Mit ihr kann ich die Zeit für kurze Momente anhalten – gerade lang genug, um unbemerkt die Eier zu verstecken.

Ohne sie…»

Er schluckte schwer.

«Ohne sie könnte dies das letzte Osterfest sein, wie wir es kennen.»

Ein glitzernder Fund im Frühlingswald

«Emma, beeil dich! Wir wollten doch noch zum alten Weidenbaum gehen!»

Paul stand ungeduldig an der Gartentür und wartete auf seine kleine Schwester.

Der zehnjährige Junge mit den wilden braunen Locken konnte es kaum erwarten, den sonnigen Frühlingstag im Wald zu verbringen.

Emma, acht Jahre alt und mit zwei hellbraunen Zöpfen, die unter ihrer roten Mütze hervorlugten, kam angerannt.

«Ich musste noch Butterbrot einpacken! Mama sagt, wir sollen zum Mittagessen wieder da sein.»

Die Geschwister liebten ihre Waldabenteuer.

Besonders jetzt, kurz vor Ostern, war der Wald wie verzaubert – überall sprossen Frühlingsblumen.

Vögel zwitscherten fröhlich in den Bäumen, und die Luft roch nach frischem Grün und Moos.

«Glaubst du, der Osterhase versteckt schon Eier?», fragte Emma, während sie durch das kleine Waldtor schlüpften, das direkt hinter ihrem Garten lag.

Paul verdrehte die Augen, wie es nur große Brüder können.

«Der Osterhase ist nicht echt, Emma. Das sind Mama und Papa.»

«Ist er wohl!», beharrte Emma. «Frau Meier hat gesagt, sie hat ihn letztes Jahr gesehen, ganz kurz, als sie früh morgens mit ihrem Hund spazieren war.»

Paul wollte gerade antworten, als etwas am Wegesrand seine Aufmerksamkeit erregte – ein seltsames Glitzern zwischen den Gräsern.

«Warte mal, was ist das da?»

Er bückte sich und schob vorsichtig die hohen Halme beiseite.

Dort, halb verborgen im weichen Moos, lag ein merkwürdiger Gegenstand.

Es sah aus wie eine Taschenuhr, aber keine gewöhnliche.

Das runde Gehäuse war aus glänzendem Silber und mit winzigen Karotten und Ostereiern verziert.

Das Zifferblatt schimmerte in allen Regenbogenfarben, und statt normaler Zeiger bewegten sich darauf drei kleine, filigrane Hasenfiguren.

«Wow!» flüsterte Emma, die sich neben ihren Bruder gehockt hatte. «Das ist die schönste Uhr, die ich je gesehen habe!»

Paul nahm sie vorsichtig in die Hand.

Die Uhr fühlte sich warm an, fast lebendig, und als er sie berührte, schien sie für einen Moment heller zu leuchten.

«Sie gehört bestimmt jemandem. Vielleicht sollten wir sie mitnehmen und fragen, ob jemand sie vermisst», überlegte er.

Emma streckte die Hand aus.

«Darf ich sie mal halten?»

Als Paul ihr die Uhr reichte, entdeckte Emma an der Seite einen kleinen goldenen Knopf.

«Was passiert wohl, wenn man hier drückt?»

«Emma, warte—» begann Paul, doch es war zu spät.

Emma drückte auf den Knopf, und plötzlich geschah etwas Unglaubliches.

Das Zwitschern der Vögel verstummte mitten im Ton.

Ein Eichhörnchen, das gerade von einem Ast zum anderen springen wollte, hing regungslos in der Luft.

Sogar die Wolken am Himmel standen still.

Die Zeit war stehengeblieben.

Die Kinder starrten mit offenen Mündern um sich.

Nur sie schienen sich noch bewegen zu

können – und die Uhr in Emmas Hand tickte weiter, während die kleine Hasenfigur, die den Sekundenzeiger darstellte, fröhlich im Kreis hüpfte.

«Paul», flüsterte Emma mit großen Augen, «ich glaube, wir haben gerade eine magische Uhr gefunden.»

Zeitsprünge und Hasenpfoten

«Drück nochmal auf den Knopf, Emma!»

Paul konnte kaum glauben, was er sah.

Seine kleine Schwester hielt eine Uhr in der Hand, die tatsächlich die Zeit anhielt!

Emma drückte erneut auf den goldenen Knopf, und sofort setzte sich alles wieder in Bewegung.

Das Eichhörnchen landete auf dem Ast, die Vögel zwitscherten weiter, und die Wolken zogen wieder über den Himmel.

«Das ist unglaublich!» rief Paul und nahm die Uhr, um sie genauer zu untersuchen. «Sieh mal, hier auf der Rückseite ist etwas eingraviert.»

In verschnörkelten Buchstaben stand dort: «Eigentum des Oberhäschens M.L. – Bitte bei Verlust zurückgeben an den Hasenbau unter der großen Eiche.»

Emma hüpfte aufgeregt auf und ab.

«M.L. – das muss Meister Lampe sein! Der Osterhase! Ich hab's dir doch gesagt, dass es ihn gibt!»

Paul war immer noch skeptisch, aber die magische Uhr in seiner Hand war ein ziemlich überzeugendes Argument.

«Selbst wenn es den Osterhasen gibt – wie sollen wir ihn finden? ‚Der Hasenbau unter der großen Eiche‘ ist nicht gerade eine genaue Adresse.»

«Vielleicht können wir die Uhr benutzen, um ihn zu finden?»

Emma nahm die Uhr wieder und drehte sie in ihren kleinen Händen.

Dabei entdeckte sie einen weiteren Knopf an der Unterseite der Uhr, kleiner als der erste und in Form einer winzigen Hasenpfote.

«Schau mal, hier ist noch ein Knopf!»

Bevor Paul sie aufhalten konnte, drückte Emma auch diesen Knopf.

Plötzlich begann das Zifferblatt zu leuchten,

und aus der Uhr stieg ein goldener Lichtstrahl auf, der sich wie ein Pfeil zwischen die Bäume richtete.

«Ich glaube, die Uhr zeigt uns den Weg!» rief Emma begeistert und lief bereits in die Richtung, die der Lichtstrahl wies.

«Emma, warte!» Paul eilte hinterher, halb besorgt, halb aufgeregt. «Wir wissen nicht, wohin das führt!»

Die Geschwister folgten dem goldenen Lichtstrahl tiefer in den Wald hinein.

Sie kamen an Stellen vorbei, die sie noch nie zuvor gesehen hatten, obwohl sie dachten, jeden Winkel ihres Waldstücks zu kennen.

Der Pfad wurde schmaler, die Bäume dichter, und die Geräusche des nahen Dorfes verschwanden vollständig.

Nach etwa zwanzig Minuten erreichten sie eine kleine Lichtung.

In der Mitte stand eine uralte Eiche, deren mächtiger Stamm sicher schon Hunderte von Jahren alt war.

Der Lichtstrahl zeigte direkt auf die Wurzeln des Baumes.

«Siehst du einen Hasenbau?», fragte Emma und ging näher an den Baum heran.

Paul untersuchte den Bereich um die Eiche.

«Hier ist nichts, nur Wurzeln und… Moment mal.»

Er bückte sich und strich über einen moosbedeckten Stein neben dem Baum.

Als er das Moos entfernte, kam ein kleines, mit Hasenbildern verziertes Türklingelschild zum Vorschein.

«Emma, schau mal!»

Doch als sie den Stein berührten, geschah nichts.

Die Uhr in Emmas Hand leuchtete zwar immer noch, aber der Lichtstrahl war verschwunden.

«Vielleicht müssen wir beide Knöpfe gleichzeitig drücken?», schlug Paul vor.

Emma nickte und gemeinsam drückten sie den Zeit-Stopp-Knopf und die Hasenpfote gleichzeitig.

Diesmal begann nicht nur das Zifferblatt zu leuchten, sondern die gesamte Uhr.

Die Erde um die Eiche herum bebte leicht, und plötzlich öffnete sich zwischen den Wurzeln eine kleine Tür.

Gerade groß genug, dass die Kinder hindurchkriechen konnten.

«Wow!», flüsterten beide wie aus einem Mund.

Aus der geöffneten Tür drang gedämpftes Licht und… war das ein leises Kichern?

«Sollen wir wirklich da reingehen?», fragte Emma plötzlich unsicher.

Paul nahm seine Schwester bei der Hand.

«Wir haben die Uhr gefunden, also sollten wir sie auch zurückgeben. Außerdem…»

Er grinste.

«...will ich jetzt wirklich wissen, ob es den Osterhasen gibt!»

Spuren im Untergrund

Hand in Hand krochen Emma und Paul durch die kleine Öffnung zwischen den Wurzeln der alten Eiche.

Emma hielt die leuchtende Uhr fest umklammert, während Paul eine kleine Taschenlampe aus seinem Rucksack zog, die er immer bei ihren Waldabenteuern dabei hatte.

Sie befanden sich in einem gemütlich eingerichteten Tunnel, dessen Wände mit weichem Moos ausgepolstert waren.

An der Decke hingen kleine Kristalle, die in allen Regenbogenfarben funkelten und den Gang in ein sanftes Licht tauchten.

«Das ist wie im Märchen», flüsterte Emma beeindruckt.

Die Kinder folgten dem Tunnel, der sanft abwärts führte.

An den Wänden hingen Bilder in kleinen Holzrahmen – allesamt Szenen von Osterhasen, die Eier versteckten oder Körbe füllten.

Je tiefer sie kamen, desto aufgeregter wurden die Geräusche, die von irgendwo vor ihnen herkamen.

«Hör mal», sagte Paul und blieb stehen.

«Das klingt wie… hundert Hasen, die gleichzeitig sprechen.»

Nach einer weiteren Biegung wurden die Geräusche plötzlich deutlicher.

Der Tunnel endete an einer Art Balkon, von dem aus die Kinder in eine riesige unterirdische Höhle blicken konnten.

Was sie sahen, ließ sie beide nach Luft schnappen.

Unter ihnen erstreckte sich eine winzige Stadt aus Pilzhäusern, Blumengärten und kleinen Holzgebäuden, die wie ein Osterhasendorf aussah.

Überall wuselten Hasen in bunten Westen und mit kleinen Brillen umher.

An langen Tischen saßen Hasen, die eifrig Eier bemalten.

In einer Ecke rollten andere Hasen riesige Schokoladentafeln aus, während wieder andere Osterkörbe mit farbigem Gras und Bändern schmückten.

«Paul, es gibt sie wirklich! Die Osterhasen!» Emmas Augen leuchteten vor Begeisterung.

Paul konnte seinen Augen kaum trauen.

«All die Jahre… und Mama und Papa haben immer gesagt…»

«Schau!» unterbrach Emma ihn und zeigte auf einen großen Pilz in der Mitte des Dorfes.

Dort stand ein Podium, und ein besonders großer Hase mit einer eleganten Weste und einer Brille auf der Nasenspitze gestikulierte wild und schien eine Rede zu halten.

Die anderen Hasen hörten ihm besorgt zu.

«Das muss Meister Lampe sein, der Osterhase», flüsterte Emma. «Und er sieht wirklich verzweifelt aus.»

Sie lauschten angestrengt und konnten Fetzen seiner Worte verstehen.

«…die Uhr ist noch immer verschwunden… müssen einen Plan B entwickeln… Ostern kann nicht ausfallen…»

Ein kleiner Hase mit schiefer Brille – vermutlich Hoppel – stand neben ihm und versuchte, die aufgeregten Fragen der anderen Hasen zu beantworten.

«Wir sollten runtergehen und ihnen die Uhr zurückgeben», sagte Paul entschlossen.

Bevor Emma antworten konnte, ließ ein plötzliches Geräusch hinter ihnen die Kinder zusammenzucken.

Sie drehten sich um und standen unvermittelt zwei jungen Hasen gegenüber, nicht viel größer als sie selbst, die sie mit großen Augen anstarrten.

«M-M-Menschen!» quiekte einer der Hasen. «Menschen im Hasenbau!»

«Pssst!» machte Emma schnell und hielt die Uhr hoch. «Wir haben die Uhr von Meister Lampe gefunden. Wir wollen sie nur zurückbringen.»

Die Hasen starrten erst die Uhr an, dann die Kinder, dann wieder die Uhr. Der größere der beiden, ein brauner Hase mit einer gelben Mütze, fasste sich als Erster wieder.

«Ihr habt die magische Zeituhr gefunden? Ihr müsst sofort mit mir kommen!»

Bevor Paul oder Emma protestieren konnten, nahm der Hase Emmas Hand und zog sie einen Seitengang entlang, weg vom großen Saal. Der zweite Hase scheuchte Paul hinterher.

«Wo bringt ihr uns hin?», fragte Paul beunruhigt.

«Zum Notfallversteck», erklärte der Hase mit der gelben Mütze.

«Meister Lampe hat sich dort zurückgezogen, um einen Alternativplan auszuarbeiten. Wir können euch nicht einfach so ins Dorf lassen – kein Mensch hat jemals den Hasenbau betreten!»

Sie folgten einem verschlungenen Pfad durch mehrere kleine Gänge, bis sie schließlich vor einer unscheinbaren Holztür standen.

Der Hase klopfte in einem komplizierten Rhythmus: Zwei schnelle Klopfer, eine Pause, drei langsame Klopfer.

Die Tür öffnete sich einen Spalt breit, und die Nasenspitze eines anderen Hasen erschien.

«Passwort?» flüsterte er.

«Frühlingserwachen und bunte Eier», antwortete der Hase mit der gelben Mütze.

Die Tür schwang auf, und die Kinder wurden hastig in einen kleinen, aber gemütlichen Raum geschoben, der wie ein Arbeitszimmer aussah.

An einem Tisch, über Karten und Notizen, saß

der große Hase, den sie vom Balkon aus gesehen hatten – Meister Lampe persönlich.

Als er aufsah und die Kinder erblickte, fielen ihm fast die langen Ohren vom Kopf.

«Menschen?» Seine Stimme überschlug sich. «Wie sind sie…? Warum habt ihr…?»

Dann fiel sein Blick auf die leuchtende Uhr in Emmas Hand, und seine Augen wurden groß wie Untertassen.

«Wir haben Ihre Uhr gefunden», sagte Emma leise und streckte ihre Hand aus. «Im Wald, unter einem Busch.»

Die beschädigte Uhr

Meister Lampe starrte fassungslos auf die Uhr in Emmas ausgestreckter Hand.

Seine langen Ohren zuckten nervös, und seine Schnurrbarthaare bebten vor Aufregung.

«Meine Uhr! Ihr habt tatsächlich meine Uhr gefunden!»

Mit zitternden Pfoten griff er danach, sein Gesicht ein Wechselbad aus Erleichterung und Freude.

Doch als er die Uhr in seine Pfoten nahm, veränderte sich sein Ausdruck.

Die Freude wich einem besorgten Stirnrunzeln, während er die Uhr von allen Seiten betrachtete und vorsichtig an dem goldenen Knopf drehte.

«Oh nein,» murmelte er und drehte die Uhr zu seinem Helfer Hoppel. «Sieh dir das an.»

Hoppel rückte seine Brille zurecht und beugte sich über die Uhr.

Der Zeitkristall hat einen Riss, und das Hauptzahnrad ist locker. Kein Wunder, dass es beim Zeitanhalten so seltsam geklungen hat.»

«Zeitkristall?», fragte Paul neugierig und trat näher.

Meister Lampe seufzte tief.

«Die magische Zeitkraft der Uhr stammt aus einem besonderen Kristall, der im Inneren eingebaut ist. Wenn dieser beschädigt ist…»

Er ließ den Satz unvollendet und sank auf einen kleinen Pilzstuhl.

Emma sah den Osterhasen besorgt an.

«Ist es schlimm? Wir haben die Uhr benutzt – vielleicht haben wir sie kaputt gemacht?»

«Nein, nein, kleines Mädchen,» beruhigte Meister Lampe sie und strich ihr sanft über den Kopf.

«Die Uhr war schon beschädigt, als ich sie verlor. Deshalb ist sie mir überhaupt erst aus der Tasche gefallen.

Ich wollte sie eigentlich vor Ostern reparieren lassen, aber dann kamen die ganzen Vorbereitungen dazwischen…»

«Können wir sie nicht einfach reparieren?», fragte Paul und sah zu Hoppel, der immer noch die Uhr untersuchte.

Hoppel schüttelte den Kopf.

«Dafür bräuchten wir Zahnradöl vom silbernen Mondberg und frischen Morgentau von den Kristallblumen – und die wachsen nur auf der anderen Seite des Waldes. Bis wir das alles besorgt haben, ist Ostern längst vorbei.»

«Aber…» Emma sah verzweifelt von einem zum anderen. «Was bedeutet das für Ostern?»

Meister Lampe atmete tief durch und richtete sich auf.

Seine Augen blickten nun entschlossen.

«Es bedeutet, dass wir improvisieren müssen. Ohne die funktionsfähige Uhr kann ich die Zeit nicht anhalten, während ich die Eier verstecke.

Das heißt, ich könnte gesehen werden – und das darf auf keinen Fall passieren.»

«Warum nicht?», fragte Paul. «Wir haben Sie doch auch gesehen.»

«Das ist etwas anderes. Ihr habt die Uhr gefunden, und die Uhr selbst hat euch hierher geführt.

Das ist eine alte Magie, die es Kindern mit reinem Herzen erlaubt, uns zu finden. Aber wenn mich alle Menschen sehen könnten…»

Er schauderte.

«Dann würde das Wunder des Osterfestes verschwinden. Kinder würden aufhören zu träumen und zu glauben. Die Magie wäre für immer verloren.»

Eine bedrückende Stille breitete sich im Raum aus.

Emma hielt Pauls Hand und spürte, wie schwer die Verantwortung auf den Schultern des Osterhasen lastete.

Plötzlich hatte sie eine Idee.

«Wir könnten helfen! Paul und ich! Wir könnten… wir könnten Wache stehen, während Sie die Eier verstecken!»

Paul nickte eifrig.

«Ja! Wir könnten Sie warnen, wenn jemand kommt!»

Hoppel und Meister Lampe tauschten überraschte Blicke aus.

Dann begann der Osterhase langsam zu lächeln.

«Wisst ihr, das könnte tatsächlich funktionieren. Mit eurer Hilfe und dem, was von der Magie der Uhr noch übrig ist…»

Er drehte die Uhr in seinen Pfoten.

«Vielleicht können wir es schaffen, das Osterfest zu retten.»

«Aber Meister,» wandte Hoppel ein, «die Kinder können doch nicht die ganze Nacht aufbleiben. Ihre Eltern werden sich Sorgen machen.»

Emma und Paul schauten sich an. Das hatten sie nicht bedacht.

«Wie spät ist es jetzt?», fragte Paul besorgt.

Hoppel zog eine kleine Karotten-Taschenuhr hervor.

«Fast drei Uhr nachmittags in der Menschenwelt.»

«Wir sollten um sechs zum Abendessen zu Hause sein,» erklärte Emma. «Aber danach müssen wir ins Bett.»

Meister Lampe kratzte sich nachdenklich am Kinn.

«Das gibt uns nur wenig Zeit für die Planung. Aber vielleicht…»

Sein Gesicht hellte sich auf.

«Vielleicht können wir die beschädigte Uhr

doch noch teilweise nutzen. Nicht um die Zeit vollständig anzuhalten, aber um sie zu verlangsamen – nur für einen bestimmten Bereich.»

Er stand energisch auf und begann, im Raum auf und ab zu hoppeln.

«Ja, das könnte funktionieren! Wir werden einen Plan schmieden, wie wir mit eurer Hilfe und der angeschlagenen Uhr trotzdem alle Ostereier verstecken können, ohne gesehen zu werden!»

Die Geschwister schauten sich an, Aufregung und Abenteuerlust in ihren Augen. Sie würden dem Osterhasen helfen und Teil eines echten Osterwunders werden!

Das Osterwunder

Als Emma und Paul am Abend in ihren Betten lagen, konnten sie kaum einschlafen.

Der Plan, den sie mit Meister Lampe und Hoppel ausgeheckt hatten, schwirrte ihnen durch den Kopf.

«Glaubst du wirklich, dass es funktionieren wird?», flüsterte Emma durch die Dunkelheit zu ihrem Bruder im Nachbarbett.

«Es muss einfach klappen,» antwortete Paul leise. «Der Osterhase verlässt sich auf uns.»

Sie hatten versprochen, um Mitternacht wieder zur alten Eiche zu kommen.

Ihre Eltern würden zu dieser Zeit längst schlafen, und mit der Taschenlampe würden sie den Weg durch den nächtlichen Wald finden.

Um sicherzugehen, hatte Meister Lampe ihnen ein kleines Säckchen mit schimmerndem Hasenpuder mitgegeben, der einen Pfad leuchten lassen würde, den nur sie sehen konnten.

Als Pauls Wecker leise klingelte, waren beide Kinder sofort hellwach.

Leise schlüpften sie in ihre Kleidung und schlichen auf Zehenspitzen die Treppe hinunter.

Paul hinterließ einen Zettel auf dem Küchentisch, nur für den Fall: «Keine Sorge, wir helfen dem Osterhasen und sind zum Frühstück zurück. Emma & Paul.»

Draußen war die Nacht kühl und klar. Millionen Sterne funkelten über ihnen, und ein fast voller Mond beleuchtete den Waldrand.

Emma öffnete das Säckchen und streute ein wenig des Hasenpuders vor ihre Füße. Sofort begann ein schmaler Pfad in sanftem Blau zu leuchten, der in den Wald führte.

«Wie im Märchen,» flüsterte sie begeistert.

Hand in Hand folgten die Geschwister dem leuchtenden Pfad.

Der Wald wirkte bei Nacht völlig anders – geheimnisvoll und magisch.

Die Bäume warfen lange Schatten, und irgendwo in der Ferne rief ein Käuzchen.

An der großen Eiche warteten bereits Meister Lampe und Hoppel auf sie, beide mit großen Körben voller bunt gefärbter Eier.

«Ah, da seid ihr ja!» Meister Lampe begrüßte sie mit einem aufgeregten Zucken seiner Schnurrhaare. «Pünktlich wie die Osterhasen!»

«Haben Sie die Uhr reparieren können?», fragte Paul hoffnungsvoll.

Meister Lampe schüttelte den Kopf.

«Nicht vollständig. Aber Hoppel ist ein Genie – er hat einen Weg gefunden, die verbliebene Magie zu bündeln. Ich konnte auf der ganzen Welt bereits Eier verstecken. Es fehlt nur noch unser Dorf.»

Er zeigte auf die Uhr, die nun an einer Kette um seinen Hals hing und in einem schwachen, pulsierenden Licht schimmerte.

«Sie kann die Zeit jetzt nicht mehr komplett anhalten,» erklärte Hoppel und rückte seine Brille zurecht. «Aber sie kann sie verlangsamen – für etwa zehn Meter um uns herum. Außerhalb dieses Kreises läuft die Zeit normal weiter.»

«Die Uhr hält etwa vier Stunden durch, bevor ihre Magie erschöpft ist,» fügte Meister Lampe hinzu. «In dieser Zeit müssen wir alle Eier im Dorf verstecken.»

Der Plan war einfach:

Emma und Paul würden an strategischen Punkten Wache halten und mit kleinen Spiegeln, die Hoppel ihnen gegeben hatte, Signale geben, falls sich jemand näherte.

Meister Lampe würde mit der Uhr von Haus zu Haus hoppeln und die Eier verstecken, während Hoppel mit einem zweiten Team von Hasen die entfernteren Häuser versorgen würde.

Sie begannen mit dem Haus der Geschwister,

damit Emma und Paul sehen konnten, wie der Osterhase arbeitete.

Mit einem sanften Drücken des Knopfes aktivierte Meister Lampe die Uhr.

Die Luft um sie herum schien plötzlich dicker zu werden, wie Sirup, und die Bewegungen der Blätter im Wind verlangsamten sich bis zum Stillstand.

«Wow,» flüsterte Paul beeindruckt.

Mit flinken Pfoten verteilte Meister Lampe die Ostereier im Garten, wobei er einige besonders kunstvoll bemalte Exemplare an schwierigen Verstecken platzierte.

«Die blauen für Paul und die roten für Emma,» murmelte er vor sich hin, während er arbeitete. «Und dieses goldene hier für beide zusammen – als Dankeschön für ihre Hilfe.»

Als er fertig war, führte er die Kinder zum nächsten Haus.

Überall im Dorf wiederholten sie das gleiche Vorgehen:

Emma und Paul hielten Ausschau, gaben bei Bedarf Warnsignale, und Meister Lampe huschte mit aktivierter Zeituhr von Garten zu Garten.

Einmal hätte es fast Schwierigkeiten gegeben, als Herr Weber, der Bäcker, früh aufstand, um seinen Ofen anzuheizen.

Emma entdeckte das Licht in seinem Haus gerade noch rechtzeitig und gab das vereinbarte Signal.

Meister Lampe konnte sich hinter einem Busch verstecken, bis die Gefahr vorüber war.

Die Stunden vergingen wie im Flug. Als der erste Hauch des Morgengrauens am Horizont erschien, waren sie mit fast allen Häusern fertig. Die Zeituhr glühte nur noch schwach und drohte ihre Magie zu verlieren.

«Wir haben es fast geschafft,» keuchte Meister Lampe, dem die Anstrengung der langen Nacht anzusehen war. «Nur noch Familie Schmidt und wir sind fertig.»

Doch als sie sich dem letzten Haus näherten, erlosch plötzlich das Licht der Uhr vollständig.

Die verbliebene Magie war aufgebraucht.

«Oh nein,» stöhnte Meister Lampe. «So nah am Ziel!»

In diesem Moment hörten sie, wie sich im Haus die Schlafzimmertür öffnete.

Die kleine Lisa Schmidt, die früh aufgestanden war, um nach dem Osterhasen Ausschau zu halten, kam die Treppe herunter.

«Schnell, verstecken Sie sich!», flüsterte Paul und zog den Osterhasen hinter eine Hecke.

Doch es war zu spät für die restlichen Eier.

Lisa würde in wenigen Sekunden in den Garten schauen und keines finden.

Da hatte Emma einen Einfall.

«Paul, gib mir die Taschenlampe!»

Sie nahm den Beutel mit dem Hasenpuder und streute eine Handvoll vor sich auf den

Boden.

Als Lisa die Haustür öffnete, sah sie einen schimmernden, blauen Pfad, der zu einem nahegelegenen Busch führte.

Neugierig folgte sie ihm und fand dort, sorgfältig versteckt, die letzten Ostereier, die Meister Lampe nicht mehr hatte platzieren können.

«Es hat funktioniert!», jubelte Emma leise, als sie Lisas freudiges Gesicht sah.

Zurück im Wald verabschiedeten sich die Kinder von Meister Lampe und Hoppel, die vor Erleichterung und Dankbarkeit strahlten.

«Ihr habt das Osterfest gerettet,» sagte Meister Lampe feierlich. «Ohne eure Hilfe wäre es nicht möglich gewesen.»

«Kommt uns besuchen, wenn ihr möchtet,» fügte Hoppel hinzu. «Die Tür unter der Eiche wird für euch immer offen stehen.»

Als Dank überreichte Meister Lampe ihnen zwei besondere Geschenke:

Für Emma ein kleines Armband mit einem Hasenanhänger, der im Mondlicht leicht schimmerte, und für Paul eine Taschenuhr.

Natürlich keine magische, aber eine, die mit Karottengold verziert war und ihn immer an ihr Abenteuer erinnern würde.

«Und was ist mit der magischen Zeituhr?», fragte Paul.

«Die bringe ich zum Uhrmacherhasen, sobald Ostern vorbei ist,» erklärte Meister Lampe. «Er wird sie reparieren, und nächstes Jahr wird alles wieder wie gewohnt sein. Aber ich werde nie vergessen, was ihr beide für uns getan habt.»

Als Emma und Paul am Ostermorgen mit ihren Eltern im Garten nach Eiern suchten, tauschten sie heimliche Blicke aus.

Sie wussten etwas, was kein anderer wusste:

Das wahre Geheimnis des Osterhasen und seiner magischen Uhr.

Und wenn sie ab und zu ein leises Ticken aus der Richtung des Waldes hörten, dann wussten sie, dass ihr Freund Meister Lampe an sie dachte – der Osterhase, der dank ihrer Hilfe auch in diesem Jahr alle Kinder glücklich machen konnte.

Frohe Ostern!